詩集

約束の場所

obviam fieri

志村 京子 著

chikurinkan

obviam fieri

消毒臭

琺瑯の浴槽の面を目のない生物が這う
水滴
洗面器に満たされた消毒液
八つ手の暗緑色が雨に洗われていた

差し出した果実
「これ　きれい？」
「きれいよ　洗ったから
何度も何度も洗ったから」

感官

錆？
鉄錆
野原に放置されたコンテナの
水色の塗料の
赤く裂けた傷口

感触

カンヴァスの上の赤い引っ掻き傷
擦れ
滲み
ザラりとした
抒情的抽象

クリムソンレーキ

「これだけ痛い（悲しい）」
火を押しつけた
さあ
その傷跡を見せて

メタファー
森の精霊
連想
相似
奇妙なモンタージュ

直接的な未分化な
感情
カオス
無邪気な
自然と一体の精神

初冬　午前七時

空気がとても冷ややかだから
青が澄んだように綺麗
遠くで手旗を振る人の
赤い色が悲しかった

ガラス窓

探しものをしていた
探しているものを忘れているのに
どの引き出しを開けても
嫌なものだらけ
傷跡をコレクションみたいに採集して
茶色の革の鞄に詰めた

ショスタコーヴィチのチェロが
不安定に揺れている
もう
どんなに美しい肢体のネコとさえ
感情のあるものとは
暮らしたくはない

隠遁

午後の日差しと入り組んだ建物が
外壁にコントラストの強い影を形作っていた
夏草は背の高さまで生い茂り
眼球は切り裂かれてしまいそう
わたしが吐き出した言葉が
わたしの内面を白日に曝す
あなたの唇が動いていたのは分かっていた
遮断された聴覚

暗闇と
時折上がる花火の音と
あなたの顔が点滅する
「苺を貰ったぐらいでそんなに喜ばないで
　まるで愛されたことがないみたい」
あの人にいわれた言葉を
わたしはあなたに投げつける
愛情　憎悪　憎悪
感情
不自由な自然

色かたちと、感受作用と、表象作用と、識別作用と、形成されたものと、――わたしはこれではない。またこれは、わたしに属するものではない。眼はそなたのものである。色かたちは、そなたのものである。眼の接触から生じた識別領域は、そなたのものである。しかし眼が存在せず、色かたちが存在せず、眼の接触から生ずる識別領域が存在しないところには、そなたの行くべき通路は存在しない。

　聴覚器官はそなたのものである。音声はそなたのものである。聴覚器官の接触から生ずる識別領域はそなたのものである。しかし聴覚器官が存在せず、音声が存在せず、聴覚器官の接触から生ずる識別領域が存在しないところには、そなたの行くべき通路は存在しない。

「ブッダ　悪魔との対話（サンユッタ・ニカーヤ）」

あなたが怪我を負ったとき
わたしは何も感じていなかった
何も感じていないことに後で気づいた
涙が流れた

悲しくないのに
もう眼も耳もない
生きているのに
死んでいるのね

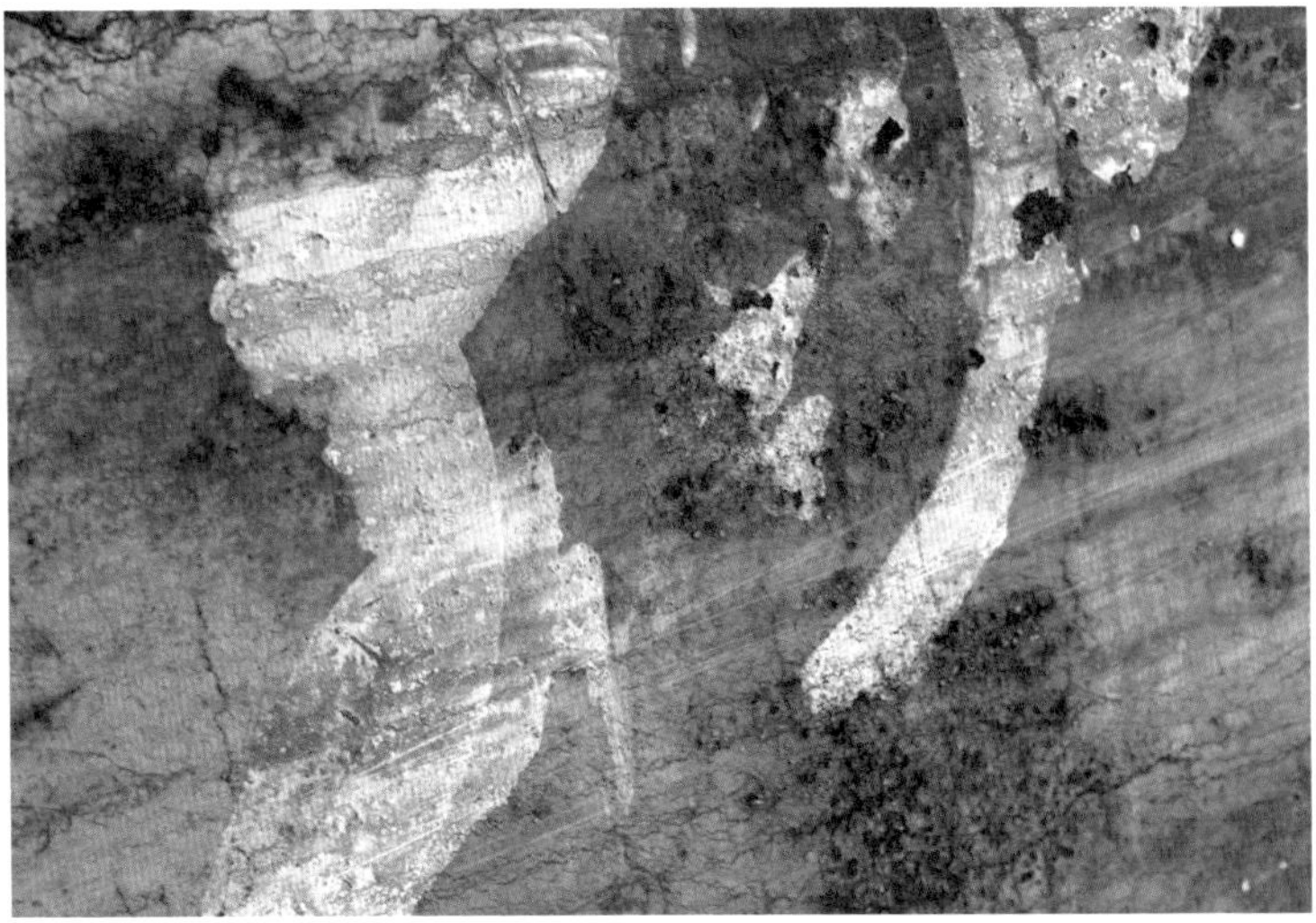

obviam fieri

Le Vide

水彩紙に置かれた
二滴の青い絵の具
その青い滲みが
空白を生み出す

あなたの不在が
耐えがたいように

約束の場所

「此処？」

「そう　此処」

「其処？」

「そう　其処」

その「其処」と指差した場所に移動して
「此処」といって

此処
此処
此処

背後で何か
何か物音がしたから
その方向に向かって一歩ずつ
「此処」といいながら移動して

此処
此処でしかない此処
此処
此処
此処
沢山の此処
此処
無限の此処

そして
あなたの好きな場所で
「此処」と呟いて
わたしの視界から出て行って

存在の憂鬱

ただそこに在る
ただそこに在るから
それだけで存在する

わたしは此処にいる
此処に座っている
背もたれの高い椅子に座っている
夕食のメニューを考えている
あなたの顔を思い浮かべる

背後に人の気配を感じる
わたしは　「わたしは」と呟く
物音がする

何か物音がする
人の声が聞こえる
わたしは両手で耳を塞ぐ

あなたが
「わたしたちは個々別々で同じではない」という
そう
わたしたちは個々別々で
あなたはわたしではなくて
わたしはあなたではない
わたしたちは
お互いあなたではないというあり方で存在している

わたしたちはあなたではない
わたしはあなたに
「わたしはあなたではない」という
あなたはわたしに
「わたしはあなたではない」という
わたしたちは沈黙する

わたしたちはあなたではない
わたしたちはわたしである
わたしはわたしである
あなたが
「わたしはわたしである」という
わたしたちはお互い「わたし」という以上

わたしという他者を抱え込んでいる
わたしはわたしという他人を内包している

わたしたちはわたしたちが存在する限りでのみ存在する
わたしはあなたが存在する限りでのみ存在する
あなたはわたしが存在する限りでのみ存在する
わたしたちはわたしという他者（類）を内包している

陽が翳る
陽が翳る
わたしたちは酷く疲れていた
わたしはわたしの内に首を垂らし闇に沈み込む

存在あるいは不在

わたしはわたしの手を見ている
それから
わたしはわたしのではないゴツゴツした手を思い浮かべる
記憶の中のぼんやりとした手
思い出せない顔
わたしは開いていた本のページに目を落とす

生きているものは何か体をもっており、心はこの体を我がものとして、己をそこで直接的に客観化する。

直接的な理念は生である。概念は心として体において実在化されており、心はこの体の外面性の直接的な、自己を自己へ関係させる普遍性であるとともに、また体の特殊化でもあり、したがって体は概念規定以外のいかなる区分をも自分に即して表現するということはなく、最後に心は無限の否定性としての個体性である。

「小論理学」ヘーゲル

わたしはこのものを超えて他のものに向かっていく
わたしは或る出来事からその原因と結果に
あるいはそれと類似の出来事を思い浮かべる
わたしはその目の前にある直接的なものとは別のもの
その反対のものを表象する

わたしは思考する
わたしは思考し

わたしの内に沈潜していく
わたしは或るものと他の或るものとを
わたしはこの直接的なこのものを否定し関係づける
わたしはわたしを
この直接的なわたしを否定し
父を感じ　母を感じ
人と繋がる

わたしは普遍性を有し
同じ一つの命の内に普遍性と個別性が存在するという矛盾を
喜び　嫌悪する
わたしはわたしの内の他人を見出す
わたしは類を有し

そして一人である
わたしはたった一人である

わたしはたぶん誰かを愛している
わたしたちは
理解し合えるし
理解し合えない

矛盾の薔薇

テーブルの上の花瓶に挿した
薔薇がとても綺麗
薔薇
その薔薇
同じ名前なのに個々別々の
わたしたちみたいな存在

ここに二つの物があります
そこには
二つの物というものがあることになります
二つの物という物ですから
物ということに変わりはないのです
この空間に

二つ点々と置かれています
同じ物であっても違う物です

物

この物
この物であり
彼の物である
この物

「この物」と言葉で言い表すということは
直接的なこの物の否定であり
直接的なこの物の否定は普遍性への移行であり
再び個別性と関係します

言葉は直接的な個別性の否定であり
普遍性と個別性の矛盾（関係）です
言葉は全て（概念）なのです

物
この物
薔薇
その薔薇

「考えると遠くに残してきた花は、自分のような花は、世界のどこにもない、といったものでした。それだのに、どうでしょう。見ると、たった一つの庭に、そっくりそのままの花が、五千ほどもあるのです。」

「おれの目から見ると、あんたは、まだ、いまじゃほかの十万もの男の子と、べつの変わらない男の子なのさ。だから、おれは、あんたがいなくなったっていいんだ。あんたの目から見ると、おれは、十万ものキツネとおなじなんだ。だけど、あんたが、おれを飼いならすと、おれたちは、もう、おたがいに、はなれられなくなるよ。あんたは、おれにとって、かけがえのないものになるんだよ………。」

「星の王子さま」　サン・テグジュペリ

薔薇
その薔薇
五千もの薔薇
かけがえのないキツネ
かけがえのないネコ
足元のマルコ

増殖する個体

嫌な夢を見た
わたしは傾いたテーブルの上に立ち
「わたしは世界の中心である」と宣言していた

わたしは感じる個体である
わたしは視覚をもち
聴覚をもち
外界を認識する核を持っている
わたしは自我である
わたしは瞳を閉じ

耳を両手で塞ぐ
外界を遮断しても
わたしは記憶で満たされている
わたしは思考する
わたしは思考する個体である

わたしはわたしを解体し
内なる他者（類）と向かい合い
それを証明しようと試みる
すると大勢の人が「ゲラゲラ」と笑いだす
「それではすべての人間が世界の中心ではないのか」

わたしは満員電車に乗っている

ラッシュアワーに巻き込まれている
例外なく世界の中心を抱え込んだ大勢の人々に揉みくちゃにされている
突然身体が左に傾き
電車はホームに入る
無数の世界の中心が吐き出される
世界の中心はそれぞれの目的地に向かい走りだす

世界の人間の数だけ
世界の中心は存在する
わたしが死んだら世界は終わる
わたしが死んでも世界は存在する
わたしは一つの世界に過ぎない
わたしは類を宿した個体に過ぎない

イヴ・タンギーの
「孤の増殖」が
大広間の壁一面に映し出されていた

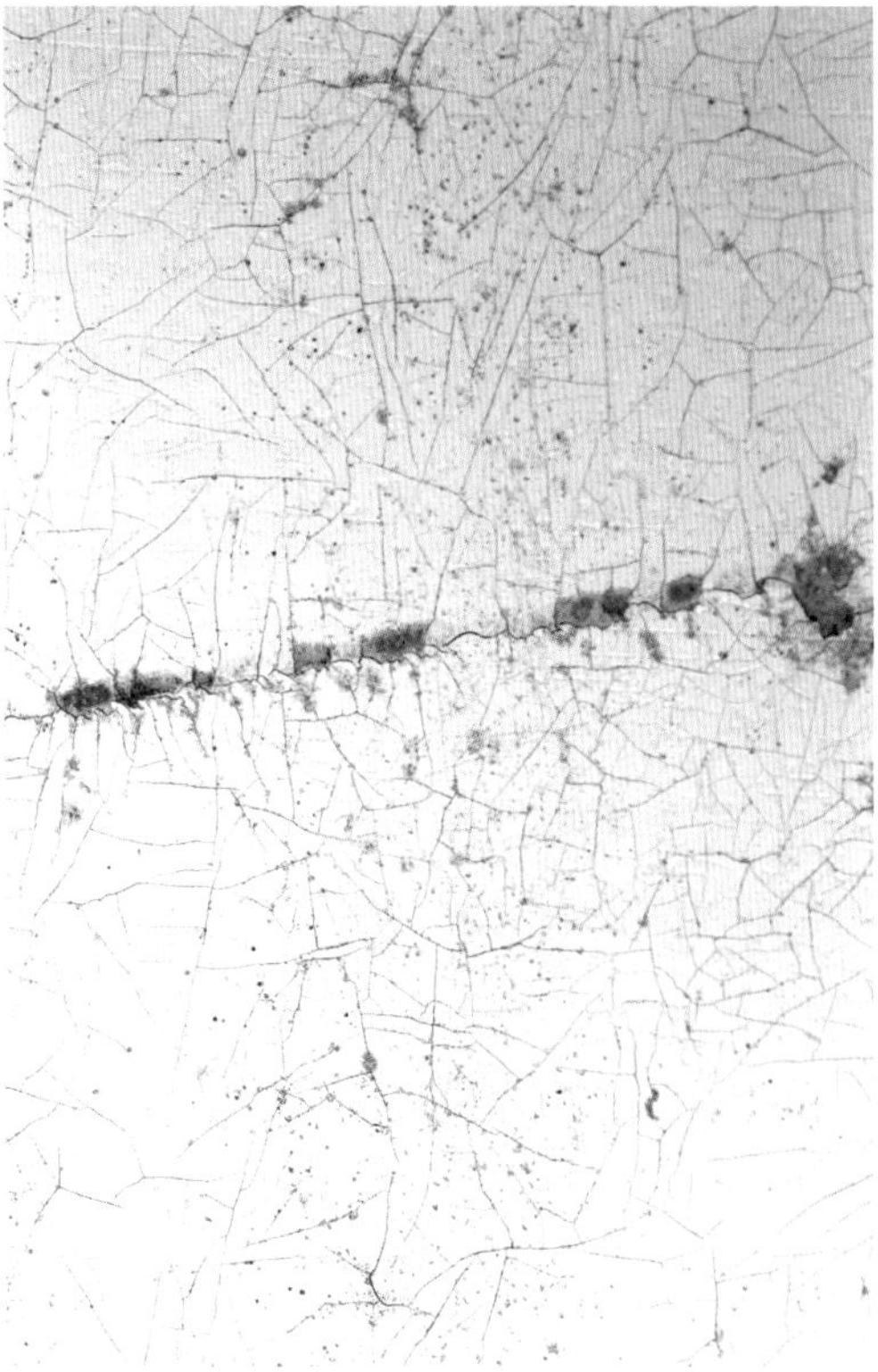

obviam fieri

2Pianos

わたしは誰にも愛されないと
時々涙を流して満たされる
あまりに長く一人でいたから
血はとても温かい

地に着きそうな頭を抱えて歩いていた
わたしは小さな蝸牛になって殻の中で思考した
一とは何か
わたしとは何か
論理的に考えることが必要だった
わたしはわたしを古めかしい道徳観で縛りつけていたから
だから
一とゼロ

有ると無い
存在と非存在

わたしはオルゴールの円盤の金色のピンを想像する
コンピューターの膨大なスイッチの配列を思い浮かべる
一とゼロ
有ると無い
存在と非存在
論理的に考えることが必要だった
わたしはわたしを感情的な道徳観で縛りつけていたから
わたしはその錆びついたナイフで
わたしはわたしに致命傷を負わせていただろう

わたしが「わたし」というとき
わたしは直接的なわたしを否定し
内なる他者と向かい合う
内なる他者
類
わたしは他者（類）を内に宿したまま個体として存在している
わたしは静かに　絶望的に
世界を受け入れる

抒情詩みたいなピアノソナタと
この冬ずっと一緒にいたよ
指先から零れる言葉
感情

乾いたピアノの音が痛ましくて
感情が胸から溢れた
きっと
ずっとずっと一緒にいるよ

わたしは時々磯巾着のようにそっと触手を出して
酷く冷たいものに触れた
わたしは小さな蝸牛になって殻のなかで思考した

血はとても温かい
性懲りもなく誰かに触れてみたくなる

野原

背の高さほどの夏草を掻き分け掻き分けた先に
忽然と今にも崩れ落ちそうな木造の校舎が現れた
もう三、四十年も前に廃校になったと思われる
その建物のなかに恐る恐る足を踏み入れると
窓から差し込む光が教室の床に美しい影を形作っていた

ふと振り返ると
教壇の後ろの黒板に白いチョークで
1+1=1
と書かれていた
わたしは一瞬笑いかけたが
確かに1+1=1は抽象概念（単位）だから誤りではないが

単に抽象概念（単位）のみである
一は単位であり個別でもある
各々の一は同じ一（単位）で別々の個でもあるから
1+1=2
が十全な概念だろう
抽象概念も全体の部分だから取り敢えず保存

わたしは教室から外へ出た
陽が傾きかけていた

子どものころ
ヒメジョオンもハルジョオンも
背の高さほどあった

善悪の此岸

「悪だけが存在する」と
あなたがとても辛そうにつぶやく
わたしは少し躊躇し
静かにあなたを見つめた

わたしは何時ものように
あなたは美しいものを見たことがないとでもいうのか
それを悪だと指摘しながら
善を知らないといい切れるのか

善と悪
光と闇
生と死
世界は相対的である
男性と女性が存在するように
だから世界は美しく残酷なのだと

そういえない惨たらしい現実が
そこには確かに存在する

外は雨
春の長雨
「もう　春ですね」

嘔吐

それはあなたのいうとおりだろう
世界には何だって存在するし
あなたの立場は尊重されるべきだろう
あなたがあなたの頭の中で何を考えようと
誰にも止められないし
あなたが他人の自由を犯さない限り
問題はない

あなたがあなたと同じ人（類）を犯した場合
あなたの立場は否定されるだろう

あなたは類を否定した
あなたはあなたの内なる他者（類）を否定した
あなたはあなたを犯したのだから

各々の自由を尊重する場合そこには制限が発生する
制限を受け入れる限り
最早それは制限ではない
それはあなたの自由な意志である

善と悪は対で考えるしかないから
悪を称賛するのは間違いである
悪徳が栄えるのなら
どんなに脆弱であっても美徳は必要だろう

例え
隣人に消化器官と生殖器官しか確認できなかったとしても
彼らが類を犯していない以上
込み上げる吐き気を抑えるしかない

洗礼

聖水で溺死して永遠の夢を見る
盲目的な信仰は砂浜に打ち上げられる

求められていたのは理性
「わたしを理解しなさい」
「汝自身を知れ」と
古代ギリシャの神殿に奉納された哲学者の言葉のように

わたしは今決断しなければならない
右か左か決めなければならない

そして　わたしはいずれ後悔することになるだろう
しかし　それは多分悪いことではない
道は二つあった
わたしは後悔することも理性的になることもできるのだから

何かを否定することで
その対立物は現れる
その対立物を硬直したまま額に打ちつけてはならない
各々はそれぞれの契機となり関係性を形作るのだから

父と子と精神
復活
或いは

第二の自然
直接性は消滅し
精神が誕生する

「Aufheben」
誰かが耳元で囁く

イヴの果実

始めに、すでに言葉《ロゴス》はおられた。
言葉《ロゴス》は神とともにおられた。
言葉《ロゴス》は神であった。
言葉《ロゴス》はこの世に生まれてくるすべての人を
照らすべき誠の光であった

「ヨハネ福音書」

わたしがわたしと向き合うとき
わたしが「わたし」というとき
多分それは思考の始まり

カオスを分裂し
天と地と名付けたように
魂は引き裂かれ
楽園から追放され
無邪気な精神は終わりを告げる

潜在的な意識を顕在化する
わたしが個的なだけのわたしを否定し
その対立物である類を産み出すとき
個別も類もただの名称であることをやめ
各々が各々の要素となる
わたしの核であった潜在的な概念は
わたしの意識の運動で展開され顕在化する

言葉は思考である
わたしがわたしと対峙し闘い
世界と和解する力であり精神である
暗闇を照らす光（言葉）は理性であり
言葉は人に宿る魂である
わたしは今や強制された存在ではなく
自由な精神である
神は言葉（概念）である
人は言葉《ロゴス》で自由を獲得する

或るために為すこと

広い展示室の順路を巡っていくと
片隅の彫刻の前に立っていた
かなり細長い直方体のフォルムで
単純化された　目　鼻　口　が
不思議な雰囲気を醸し出していた
美しいと思った
アメデオ・モディリアーニの
「女性の頭部」だった

少し離れた場所で数十人の人たちが談笑していた

その見知らぬ人たちの中に知人の笑顔があった
懐かしさに思わず駆け寄った

認識の過程は既知であっても未知であろうが先ずは抽象化である
人物　テーブル　コーヒーカップ　スプーン
物体　何か得体のしれないもの（普遍性）
好ましいデザイン　色
不快な雰囲気　嫌悪感（特殊性）
普遍性も特殊性も内包した目の前の個体（概念）として現象する
ただ単にそこにあるものを否定し普遍性を産み出し関係づける
認識の運動は
言葉を獲得する過程の幼児の場合も　知識のある成人の場合も
初めて見る人　家族や知人　身の周りの物も同様だろう

視覚だけではなく　聴覚　嗅覚　触覚　の場合も変わらないだろう
木々のざわめき　小鳥の囀り
芳しい香り　滑らかな手触り

音
ピアノの音　ヴァイオリンの音
大好きなピアニストの　大好きなヴァイオリニストの
特別な音色

意識的であろうと無意識的であろうと人はこのプロセスを行っている
（動物も　勿論無意識的にではあるが）
重要なことはそこに存在する個体は普遍性も特殊性も内在しているということ
思考を思考し　無意識を意識化する
普遍性も特殊性も個別性も各々の要素であると認識すること

普遍性だけで存在する不可能さ
空っぽな個物だけで突然発生することなどあり得ないだろう
だから　どちらか一つだけの選択ほど残酷なものはない
形而上学　形而下
唯心論　唯物論
時代によって名前は違うけれどどれも同じである
その残酷さは歴史が物語っている

家に帰ると四匹のネコが迎えてくれる
茶トラ
鯖トラ白
茶トラ白
八割れネコは緑色の瞳

もうネコたちの夕食の時間
「お腹空いたね」
お皿を四枚用意して
（一は単位で個でもあるから四枚ね）
四匹のネコは兄弟ネコ
もしも全く同じ塩基配列だったとしても
個体として存在するから
個体間には牽引と反発が発生するだろう

四匹のネコと
四枚のお皿
むかしむかしの幸せな時間

lesson one 「これはコップです」

知るものと知られるものとは一つであって、
その知は、知られるものとしての自己を対象とする。

「形而上学」　プロクロス

友人が二十数年前　女の子を出産した
彼女の成長とともに
季節ごとに友人から送られてくる
ハガキに描かれた彼女の絵は
クレヨンの書きなぐり（感情）から
抽象的な花や人型に変化していった

人類の歴史を眺めているような
驚きがそこには存在していた

子供たちが描くチューリップや
丸に手足の生えた人の形
物を指差して発語する
はな
いぬ
ねこ
とり
それは目の前の花であって
その花ではない
それは観念化そのものです

その規定はそれが限界である限りは破棄される必要がある。
そこにある無制限な規定が生ずるべきだから。
「人間の美的教育について」　シラー

ここに物があります
同じような物がたくさんあります
わたしたちはそれを否定し抽象化します
それは同じ「物」だからです
「そのコップを二つください」
そのコップは一つ二つと数えられる
観念化（単位）されたコップであり
現実に存在するコップ（個体）です
わたしたちが

「コップ」と発語するとき
わたしたちは個体（限界）を否定し類を産み出しています
わたしは注文した二つのコップを受け取ります
それは観念的なコップであり
現実に存在するコップです

わたしたちは個体を否定し類を生じさせます
そして類を否定し個体を蘇らせます
抽象的なだけのコップも個別的なだけのコップもどこにも存在していません
そこに存在しているコップも
わたしたちの頭の中にある観念化されたコップも
関係づけられたコップです
それは類に対しての個であり

個に対しての類です
もはや個体は類と関係づけられた個体です
それは直接知ではあり得ません
それは規定された個体でなければ
個体とも名付けられないからです
各々の否定は消滅ではなく
各々の復活です

「これはコップです」

何故?

おかあさんがそういったから?

おかあさんのおかあさんも?

重要なことは無意識を意識化させることです

一もしあらずば、一以外のもの何かが一であると思惑されることもないし、多であると思惑されることもないことになる。一がなくては多を思惑することも不可能だからね。

一者はそれ自身で多ではなく、多は一ではなく、これらのいずれかが先立つのでも後れるのでもないから、相互に区別された存在者として本性上同時に存在する。

一つは二つあるものとされるだろう。

そして同時に二つの場所に生ずることになるだろう。

「パルメニデス」　プラトン

各段階にある特殊者はすべて次のいずれかによってすぐ上の序列にある単一者を分有し得る。自己の段階の普遍を通じてであるか、或いは上位の段階にある特殊者を通じてである。

終わりからはじめへの還帰は全段階を一つの限定されたものとなし、また自己へ集約せるものとなし、その集約によって他のうちに一者の形姿をあらわにするのである。

心が自己へ還帰し得るものであり、自己へ還帰し得るものはすべて自立するとすれば、心は自立的であって、自己を生むものである。

「形而上学」　プロクロス

わたしは雑木林のなかを歩いています
欅や椎　栃の木
足元には様々な草花　雑草
これらはすべて人によって名付けられています
わたしには雑草でも
植物学者には単なる雑草ではないのです
たくさんのドングリが落ちています
たくさんであってドングリです
ドングリはたくさんの否定です
たくさんはそのままでは限界ですが
否定されてドングリ（類）を産み出します
しかしドングリは個物として存在しています
類だけでは物は存在できませんし

類もまたそのままでは限界です
各々は各々の限界なのです
足元にたくさんのドングリが転がっています

一方のものの効力が他方のものの効力を基礎づけると同時に限定します。一つの決定が再び破棄されるときにだけそれと対立する決定が登場できるからです。思想は一個の個体を必要としますし、形式はある素材にとって実現されるものだからです。

「人間の美的教育について」シラー

足元にたくさんのドングリが転がっています
ドングリの観念化は足元のドングリの認識です

陽が翳ってきました
わたしは家の方向へ足を向けます
家には家族が待っています
人は自然の一部ですが
ドングリとは違います
自然は残酷ですが
人はそれ以上です
たとえ孤独に暮らしているとしても
わたしが「わたし」である以上
わたしは世界と繋がっています
いえ　世界そのものです
わたしは人であり
自我であり

自意識そのものです
この上なく厄介な存在なのです

すべての心は生命をもち、知識をもつ実態であり、知識をもつ実態的な生命であり、実体と生命としての知識である。

「形而上学」 プロクロス

私たちはもはや個体ではなく、種です。すべての精神の判断が私たちの判断によってい表され、すべての心の選択が私たちの行為によって代表されてしまうのです。人間を人間たらしめているものは、いつまでも粗野な自然が作り出したままのものにとどまっていず、自然が前もってつれて歩いてくれた道を、逆に理性によって後戻りをし、必要から強制される仕事を、自由な選択による仕事に作り変え、そして自然的（物的、形而下的、肉体的）必然性を道徳的必然性に高める能力にあるのです。

人間は官能的な仮眠から我に返り、自分を人間として認め、自分の周囲を見回して自分を——国家のなかに見出すのです。

もしも他を排除してよいあるものが存在しなかったとしたら。もしも精神の絶対的な行動（自我の純粋活動）を通して、否定がある肯定的なものを引き出さなかったとしたら、またもしも無定立のもののなかから対立するものが生じなかったとしたら、単なる除外からは永遠に何一つ実在は現れてきませんし、単なる官能的感覚からは永遠になに一つ表象はあらわれ出てこないでしょう。この心情の行動を、判断とか思考とか呼ぶので、それから生ずる結果を思想と呼ぶのです。

いったい心情は、もしも自分を区分せず、また自分自身を対立させることをしなかったならば、どうして自分自身の中から、無活動と活動の誘因とを同時につかみだすことができるでしょう？

この相対する根本衝動が彼の二つの必然性の対立が自由を発生させているのです。

「人間の美的教育について」　シラー

わたしは薄暗い部屋のなかを歩き回っています
わたしはどこから始めるべきなのでしょう
わたしはどこからでも始められるのです

「これは犬です」
「これは猫です」
「これはコップです」

経験的意識のうちに純粋な自己意識から構成され得ない何かがあるということはあり得ない。それと同様、純粋意識は本質的に経験的意識と異なったものではない。両者の形式が異なるとすれば、まさしく次の点においてである。すなわち、経験的意識において主観に対立して客観として現れるものが、この経験的直観作用を直観する作用のうちでは同一のものとして措定され、したがって、経験的意識はこのことに気づいていないということである。

「理性の復権」 ヘーゲル

わたしは個体であって一つの魂です
わたしはこんなに孤独なのに
たった一人で世界に存在しているわけではありません
孤独な魂が無数に存在していることをわたしは知っています
わたしたちは否応なく気づかされます
わたしたちは個的なわたしを否定し
不完全な形でも類を獲得しています
この不完全さが残酷な分裂状態を産み出します
個と類
主観と客観
観念と現象
両項を否定し合うことでしか存立できない
二律背反です

しかし分裂は自己意識です
内なる他者の発生です
残酷さはそこに留まることです
分裂の絶対的固定化です

室内に光が差し込んでいます
床の上を光がチラチラと揺れています
光が影を形作っている？

「残酷だよ」と
君がいった
十七歳のわたしは
抽象的な平等観を得意げに振り回していました

切れ味の悪いナイフでした
美しい少年でした
「残酷だよ」
そう君はつぶやいた
遠い声は今も耳に届いています

わたしたちは気づくべきでした
孤独な魂は類であって　孤独な魂でもあるのだと
「右があれば左もあるよね」
そういったら
あなたは頷くだろう
けれど
わたしたちは気づいていなかったのです

必然的な分裂は生の一要因であり生は永遠に対立を通じて形成されるものであって、もっとも生き生きとした全体性は、最高の分裂からの自己回復によってのみ可能であるからである。理性が反対するのは、悟性による分裂の絶対的固定である。

「理性の復権」ヘーゲル

わたしたちは還る場所を忘れてはいけません
自意識のプロセスを意識することです
獲得するのは類だけでも個だけでもありません
類であり個です
個体性の認識です

知性が内在的な実在性であるように、自然も内在的な観念性である。認識と存在の両極はいずれの体系にもあり、したがって両体系はまた無差別点を自己の内にもつ。二律背反のうちに通常の反省は矛盾以外のものを認めない。ひとり理性のみがそれによって両項が措定されかつ否定されているという絶対的矛盾、両項が存在しないと同時に存在するという絶対的矛盾のうちに真理を認めるのである。

「理性の復権」 ヘーゲル

小さないい争いの後で
わたしは沈黙し絶望する
「これはコップです」
この言葉にどれだけの意味があるかを
あなたは解ろうとしない

わたしはこんなに苦しいけれど
あなたの胸は痛くはないの？

猫の名前のお店

テーブルを挟んで取りとめのない話をしていた
ふと会話が途切れて窓の外を見上げた
「ここの女主人は根性がないからこの店はきょうで閉店なんだ」
背後から男の声が聞こえた
「そうなんだ　明日からどうするんだろう」などと
他人のことをいえる身分ではないけれど
「世知辛い現実と観念的な現実があるよね」と呟いてみた
「あんたのそこが嫌いなんだ」と
その目が物語っていた

だから
わたしは目を閉じて架空のあなたに話しかける
「右があれば左もあるよね」
そういったら
あなたは頷くだろう
でも　あなたは気づかない
右と左　上と下
対立物は単なる差異性であり
「あるいは」という言葉で結びつける
あなたは規定するがそれを固定する
しかし規定は関係づけることである
右があるから左があるのだと
それは分かち難い関係性であり

同一でありながら差異でもある
だから規定性でさえ無規定性があって成立する
一方を規定すれば
もう一方を産み出すことになる
ただそれに気づきさえすればよい
「何故？」とあなたは訝しがる
そうね
ただ生活していくのにそんなことは必要ではないのかもしれない
でも　ここには
あなたがいて　わたしがいる
あなたはわたしで　わたしはあなたでもある
耐え難い数の「わたし」が存在し
わたしたちは個で様々であり

耐え難い数のわたしが
「わたし」と主張する
そこには凄まじい痛み（差別）が発生するだろう

クルストは人の子であって、また神の子でもある。神人にとって彼岸はない。

彼は個人としての人ではなく、普遍的な人、真実の人間として見られる。

彼は現実の中に生き、俗悪の中を通り、侮辱を浴びて死んだ。

彼の苦悩は生命と悩みの中における神性と人間性との統一の深みであった。

クルストにとって世俗の現実、というよりもこの世俗が卑しむべきものではないとされ、
神聖なものとさえされた。

神の永遠の生命とは、自分に返ることである。

「小論理学」ヘーゲル

だから
個体は他の個体に自己を求め自己を発見する
現実の他者は内なる他者（類）であり
私自身である
内なる他者は各々の対立物であり
個に対しての類であり
類に対しての個である

凄まじい痛み（差別）を受けた人は
真実にもっとも近いだろう

知性が内在的な実在性であるように、自然も内在的な観念性である。
認識と存在の両極はいずれの体系にもあり、したがって
両体系の無差別点を自己の内にもつ。

「理性の復権」　ヘーゲル

知り合いのご夫婦が
ある日お店を訪れ
脳腫瘍の男性のことを話してくれた
お店の壁に掛けられた
友人の息子さんの抽象画が話のきっかけだった
彼は脳腫瘍の影響で目の前にあるものがまず抽象的に見え
その後かなり長い時間を費やし具象的になっていくのだそうだ
「健康な人と反対なのかな」と一瞬思ったのだが

わたしたちもまず目の前の例えば椅子を
ぼんやり（一般的な）椅子であると認識し
その後
素敵な椅子であるとか
この前ドアにペンキを塗ったとき不注意にペンキを垂らしてしまった
その時の染みが付いたままだ　などと後悔したりする
具体的な（個別的な）ことは後から肉付けしていくのかもしれない

苦悩は潜在意識を顕在化させる
痛みは癒やしを産み出すのだろうか

或る存在が概念を単に抽象的な即自有としてもつだけでなくて、向自的に存在する全体系として、例えば衝動、生命、感覚、表象としてもつときは、この存在そのものが自身で制限の超越を企て、その超克を成し遂げることになる。飢餓とか渇き等の制限を感じるところの感覚をもつ存在は、この制限を越えようとする衝動をもつことによって、この超越を遂行する。感覚の或る存在は苦痛を感ずるのであって、苦痛を感ずるということこそ感覚を有する自然の特権である。苦痛の感じは、その感覚をもつ存在の否定であるから、この否定はその存在の感情の上では制限と見られることになる。それというのも、感覚をもつ存在はその全体性そのものがある自己についての感情を有するものであって、この自己はそういうような規定性〔苦痛、制限〕を越えたものだからである。もしもそれがこの制限を越えるようなものでないなら、それはこの制限を自分の否定として感ずることはなかろうし、従って苦痛は感じないであろう。

規定性とか制限とかいうのはその他者一般、即ち無制限なものとの対立から始めて制限とせられるものだからである。即ち制限の他者とはまさに制限の超越を意味する。

「大論理学」　ヘーゲル

「削り節削り機も何もかも二つになるのよ」
婦人がため息をつく
都内の自宅を引き払い
山梨の山荘に引っ越されるという
それで家財道具が何もかも二つになるということか
（わたしもこんなに椅子はいらない
　猫二匹とわたしだけの生活である）
「もう　やりたいことだけをやっていきたいんだ」
ご主人が口を挟んだ
お互いもうそんな年齢なんですね
午後五時の時報が鳴り
知り合いのご夫婦は帰っていった
「またね

また　お会いしましょうね」
猫二匹とたくさんの椅子が残された
世知辛い現実がわたしの目の前にある

肉体がなければ存在できない
肉体も精神もここにある
誰が否定するだろう
わたしという苦痛がここに存在する
「人はパンのみで生きるにあらず」
だから　明日のパンは必要だ
わたしは「私」と自問し
あなたは「わたし」と発語する
足元で猫が「ニャー」と鳴く

思惟の形式はまず人間の言語の中に表出され、また貯えられている。人間の内心に起こるもの、一般に観念となって現れる一切、人間の有する一切の思想には言語が介入する。従ってまた、凡そ人間が言葉にし、言語に表すものはみな、不明瞭な形であれ、他のものと混合した形であれ、或いは明瞭な形であれ、カテゴリーを含んでいる。それほど論理は人間にとって自然的なもので、むしろ論理は人間固有の本性そのものである。

「大論理学」　ヘーゲル

足元でマルコが
「ニャー」と見上げる
「大丈夫だよ」
もう　若いころのように
芸術家を気取る必要はないのだから

食事あるいはバナナ

キッチンには常にミルクとバナナがあった
わたしは
毎朝それを胃に放り込んで出かけて行った

室内は百合の香りと光に満たされている
彼女はそこに横たわっていた

四肢の自由を奪われ
すべてを失ったように思われた
食物の摂取と排泄

肉体の維持
わたしはわたしの生活のために
彼女の口元に食事を運び
排泄の後始末をした
時折筋肉の緊張のためか呑み込みが悪くなった
彼女は長い時間をかけ咀嚼し
命懸けでそれを呑み込んだ
「ゴクリ」と音がした

笑い声なのか　泣き声なのか
時々彼女は声を上げた
不意に顔を背けたり
わたしの問い掛けに頷くようにも思えたが

彼女の意識がどこまであるのか
わたしは図りかねた

ある朝
彼女はわたしの顔を見て
「もう嫌だ」といった
初めて聞く
彼女の言葉だった
それでも口元に運ばれた食物を呑み込んだ
壁に飾られた家族の写真に
知的な生活ぶりが窺えた

肉体と精神

欲望と理性
人は矛盾の塊である
そこはわたしの居場所だった

マルコ

わたしは人と人の間から生まれ
人に教育され
やがて
わたしはわたしを発見し
わたしはわたしを見つめる
わたしはわたしと格闘し
故に
全世界と格闘し
ズタズタになり
やがて理解し

そして　すべて受け入れ満たされる

明け方
一匹のネコに
翻弄される

マルコ　２０１６年9月3日　永眠　享年18
サスケ　２０２１年10月19日　永眠　享年20
感謝

参考文献

『ブッダ　悪魔との対話（サンユッタ・ニカーヤ）』中村元 訳（岩波文庫）
『小論理学』ヘーゲル全集1　真下信一・宮本十蔵 訳（岩波書店）
『星の王子さま』サン・テグジュペリ 著　内藤濯 訳（岩波書店）
『福音書（新約聖書）』塚本虎二訳（岩波文庫）
『形而上学』プロクロス 著　五十嵐達六郎 訳　（生活社）
『人間の美的教育について』シラー 著　小栗孝則 訳（法政大学出版局）
『パルメニデス』プラトン全集4　田中美知太郎 訳（岩波書店）
『理性の復権』ヘーゲル 著　山口祐弘・星野勉・山田忠彰 訳（批評社）
『大論理学』ヘーゲル全集8　武市健人 訳（岩波書店）

プラトン（紀元前427 - 紀元前347）　ギリシャの哲学者
プロクロス（411頃 - 485頃）　アレクサンドリアの哲学者
フリードリヒ・フォン・シラー（1759 - 1805）　ドイツの詩人、劇作家、思想家。
ゲオルク・ヴィルヘルム・フリードリヒ・ヘーゲル（1770 - 1831）　ドイツの哲学者
サン・テグジュペリ（1900 - 1944）　フランスの小説家、飛行家。

あとがき

十代、二十代の混乱した心と頭を救ってくれたのは、あらゆる分野の芸術と心理学、哲学でした。混乱した頭を再構築するために始めた詩作は、自己と向き合い、自己を客観化する行為そのものでした。今でも人類の叡智と芸術は、わたしに喜びを与えてくれる生きるための糧です。

わたしはかなり時間を浪費してしまいましたが、「もう、後がない」という思いから、自作を一冊にまとめてみたいと思うようになりました。今回、出版を快諾してくださった竹林館の編集者の方々は、編集者であり表現者です。わたしの稚拙な作品を温かく受け入れ、尊重してくださいました。特に、左子真由美さんには、素敵な提案と的確なご指摘をいただきました。

竹林館の編集者の皆様に感謝申しあげます。

二〇二四年四月三〇日

志村京子

詩集

約束の場所

目 次

志村 京子　（しむら きょうこ）

1955 年東京都生まれ。

日本大学鶴ヶ丘高等学校美術科中退。長い引きこもりを経て、飲食業、介護職、清掃業に就く。現在、老人ホームの厨房に勤務中。

詩集　約束の場所

2024 年 7 月 10 日　第 1 刷発行

著　者　志村京子

発行人　左子真由美
発行所　㈱ 竹林館
〒 530-0044　大阪市北区東天満 2-9-4
千代田ビル東館 7 階 FG
Tel　06-4801-6111　Fax　06-4801-6112
郵便振替　00980-9-44593
URL http://www.chikurinkan.co.jp

印刷・製本　モリモト印刷株式会社
〒 162-0813 東京都新宿区東五軒町 3-19

ISBN978-4-86000-519-1　C0092

定価はカバーに表示しています。
落丁・乱丁はお取り替えいたします。